詩集

たましいの世話

若松英輔

AKISHOBO

たましいの世話

目次

I

いのち　ひとつ

亡くなったのは
わたしが愛した
あの人で
千人の中の
一人ではないのです

もう　抱き合えない
あの人は
街を歩く　千人を
どんなに探しても

見つかりません
亡くなった人が
多いとか
少ないとか
そうした
話の奥には　いつも

たった　ひとつの
いのちを喪った
わたしのような
人間がいるのを
忘れないで下さい

約束

ねえ　もしも
わたしが先に逝って
ひとりでいるのが
つらいときは

誰にも　聞こえないように
誰も　いないところで
わたしの名前を呼んでね
あなたの胸のなかで

声にならない
おもいは
生きている人と
死んだ人を
つなぐんだって

生きている人が
呼んでくれたら
亡くなった人も
応えられるんだって　それが
あちらの掟　なんだって

ごめんね　わたし
少し先に

行かなくっちゃ
いけないかもしれない

ごめんね　あなたを
ひとりに
しないって
約束したのに

悲しい人

悲しい人が
いつも
泣いているとは
限りません

笑うふりを
していなくては
耐えられない　そんな
悲しみも　あるのです

忘れないでください
涙が涸れるほどの
悲しみだって
あるのです

ですからお願いです
いつも元気そうだなんて
そんなことというのは
もう　やめてください

はげまし

こんなに多く
毎日を
生きるのが　大変な
人がいるのに

どうして
世の中は
はげましの言葉に
あふれているのでしょう

これ以上
頑張れないから
苦しんでいるのに
あまりに苦しくて
苦しいと
言えないのに

なぜ
頑張って
なんて
言うのでしょう
慰めに出会うのが

どうして
こんなに
難しいのでしょう

しあわせのあかし

ほんとうのことを
おしえてください

ただしいことは
がっこうで
もう　たくさん
おそわりました

でも　よのなかには
ただしいことだけでは

わからないことが
あまりに　おおいのです

ほんとうのことを
おしえてください

あのひとが
逝って
やってきた
この　かなしみは

わたしが
しあわせだった
あかし　なのでしょうか

慰めの方法

あなたは　ほんとうに
優しい人だったから
わたしは
慰めの意味を
知っています

だから
あなたが
逝ったあとも
あなたのまねをして

幾人かの人に
慰めを
届けることが
できたかもしれません
でも　あの日から
ずっと

どう　自分を
慰めてよいかだけは
まったくわからない
いまも
わからないままなのです

別れ

あなたに　出会えた
わたしは
いつか　かならず
あなたと
別れなくては
ならない

どちらかが
先に

逝かなくては
ならないから

あの日　あなたに
めぐりあわなければ
こんなことは
考えずにすんだ

でも
あなたを
知らなかったら
わたしは
生まれてきた意味を
今もまったく

知らないままだった

あなたを
おもうたび
かなしくなる

めぐりあえた
よろこびに
うちふるえながら

なぐさめの真珠

苦しみも　悲しみも
手放してはならない
人生という　貝殻が
なぐさめの真珠を
宿すまで

透明な釘

悲しみは
目には見えない
透明な釘
わたしを　この場所に
留まらせようとする

慰めは
目には見えない
透明な炎
わたしに　この場所を

深く掘れと　強く促す

不思議な場所

ほんとうに
不思議なことが
あるものです

目を閉じれば
こんなに　はっきりと
あなたの姿が
浮かびあがるのに

ほかの誰も

知らない
あなたの笑顔が
いつだって
よみがえってくるのに

もう
あなたの声を
聞くことができないなんて

花

花が咲いている
今日が
暖かいから
咲いたのではない

寒くて　人間が
肩をすぼめ
下を向いて
歩いていたときも

樹々は
しずかに
わずかな　あたたかみを
たくわえていたのだ

きっと　花が咲く
気がつかないうちに
わたしの
こころのなかでも

かけがえのない人

かけがえのない人だから
亡くなった日だけではなく
出会った日を
それよりも
この世に
生まれてくれた日を
忘れずにいたいのです

遺産

亡き者が
残していく
もっとも
たしかなもの

それは
楽しい
思い出ではなく
消えることのない
かなしみ

生者と死者が
ふたたび出会う
目には見えない
待ち合わせ場所

II

謎

もっと　あなたらしく
あれなどと
いわないでください

わたしだって
自分が
誰かを

ほんとうは
よく　分かって

いないのです

ピノキオの鼻

誰かと　自分を
比べると
大切な人に
近づけなくなる

いいところを
見せようと
つきたくもない
嘘をつくことになる

こころの中で
知らないうちに
ピノキオの鼻が
伸びてきて

私よりも　わたしに
近いひとから
遠く　離れることに
なってしまう

あなたは
あなたのままでいいと
あの人は
言ってくれていたのに

生きる

内なる賢者が
遠くに
響きわたるような
ひくい声で
語り始める
だれにも
似ていない
おまえに　なれと

語られざる苦しみ

苦しいことがあったら
いつでも
何でも
いうことにしよう

そう
語り合っていたから
ぼくは　君に
何でも話した

でも　君がぼくに
苦しい
ということは
なかった

苦しくないの　と
ある日　たずねると
君は
こういった

わたしも苦しい　でも
この苦しみをあなたが
背負うとおもうと
もっと苦しい

苦しむ人

耐えがたいほど
苦しい人は
ちょっと　苦しい
と　いうんです

つらくて
立ち上がれないはずの人が
微笑んでいることも
あるのです

でも
学校では
こんなこと
教えてくれなかった

外国語も
哲学も
文学も
勉強しました

でも
ぼくは
涙も見せないで
悲しんでいる

大切な人に
かける言葉
ひとつ
知らないんです

履歴書

どこの大学で
何を学んだかとか
履歴書に
書いてありそうなことを
知りたいわけでは
ありません

一度しかない
この人生を
いっしょに

生き続けられるかを
考えているんです

耐えがたい
苦しみや悲しみが
襲ってきたとき
ふたりでなら
生き延びられるかを
確かめたいんです

もしも　あなたが
本当に　わたしを
大切に思ってくれるなら
昨日みたいに

何を成し遂げたかではなく
人生の

どこで
つまずいたかを
教えてください
そこで見たこと
感じたことを
話してください

もしも
あなたが
ほんとうに
わたしと一緒に

生きてくれるのなら

強いあなたという
重い鎧《よろい》を
脱いでから
わたしの前に
きてください

手

やるべきことを
探して
長い間
いろんなところに
旅をした

でも　大事なのは
簡単には語り出さない
自分の
心の声に　そっと

耳を傾けることだった

忙しそうな姿を
見せないで　君が
困っているときに
じっと
そばにいることだった

涙を見せずに
泣いているとき
君の手を
黙って
握っていることだった

誓い

わたしのためなら
死んでもいいなんて
ぜったいに
言わないで

愛しているなら
わたしを
ひとりにしないと
誓って

そして
わたしも知らない
本当の
わたしを

わたしが
見失ったときも
あなただけは
見つめ続けて

理由

泣いてばかりいないで
何が起こったのか
ちゃんと説明してよ
あの日　あなたは
そういった

出会って
何年になるのでしょう
あれほど悲しい
おもいをしたことは

ありません

心のなかで
何が起こっているのか
自分でも
よく分からないから
泣いていたのに

ほかの
誰でもない
あなたの前だから
泣いていたのに

花の声

走るのを
やめろ
地に咲く花の声が
聞こえなくなる

誰かの後を追うのを
やめろ
自分の道から
遠ざかっていく

競うのを
やめろ
人生の意味が
隠れていく

争うのを　やめろ
助けを求める
人の手を
ふりはらうことになる

評価を求めるのは　やめろ
お前を本当に
愛する者を
見失うことになる

迷い人

すでに
愛されていることに
気がつかないまま
愛とは　何かを
見さだめるために
旅に出ようとする
未熟者

みずからの手のなかに
握りしめているものを

居場所さえ
分からなくなるくらい
遠くへと
探しにいく
迷い人

III

祈る意味

おまえが
ひとり
祈ったところで
明日
世の中が
変わるわけではない

だが　おまえが
ほんとうに
祈りの意味を

知ったなら
おまえ自身が
変わるだろう

胸底《きょうてい》

だいじなことばは
いつも
てがみのように
やってきた

きがつかないうちに
こころのポストに
とどいている

じぶんをてらす　ことばは

いつも
ひかりのように
やってきた

おともなく
おとずれ　胸のおくで
たたずんでいる

かけがえのない　ことばは
いつも
へいぼんな　すがたをして
やってきた

だから

そばにいるのに
きがつくのが　いつも
おそくなる

開花のとき

個性を
封じ込めるもの
個性的で
あろうとすること

悲しみに
閉じ込めるもの
悲しむのを
やめようとすること

言葉を
見えなくするもの
何もかも言葉で
語り尽くせると思うこと

わたしを
見失わせるもの
自分以外の誰かに
なろうとすること

情愛を
忘れさせるもの
誰かを懸命に
愛そうとすること

愛は　意思したときよりも
未知なる者に
求められたとき
開花する

Silence／沈黙

When Life calls us.
Flowers would be a messenger.
When Life shows a miracle.
Time would be a healer.
When Life tells a secret.
Silence would be a Word.

人生が
私たちを呼ぶとき
花々が

み使いになる

人生が
奇跡をもたらすとき
時が
癒す者となる

人生が
秘密を語るとき
沈黙が
コトバになる

A Bird Song／鳥のうた

I sing my song
Like a bird
I saw today

I pray my prayer
Like a flower
I met today

I live my life
Like a wind

I felt today

わたしは
わたしの歌を
歌います
今日見た
鳥のように

わたしは
自分の言葉で
祈ります
今日見た
一輪の花のように

わたしは
わたしの人生を
生きるのです
今日　感じた
あの　風のように

顔

あなたは
いろんなことを
教えてくれた

世界でいちばん小さな湖のことや
鳥の眠り方　亀の冬眠の仕方も
車の構造や
おいしいレストランの選びかたも

ほんとうに

いろんなことを知っている
でも　知らないことだってある

ふとしたときに
見せてくれる　あの
空気を　白金の霧に
変じるような　静かな微笑む顔

鏡には
けっして映らない
あなたの　ほんとうの顔

働く人

現代人は　いつしか
労働と苦役を混同した
労働とは　わが身を動かし
自分自身を　労《いたわ》り
労《ねぎら》うことであるはずなのに

師

師から
もっとも強く
影響を受けたのは

彼が
語ったことよりも
語っている姿からだった

伝えようとしたことよりも
伝えられないと

嘆いていたことからだった

彼の
成功からではなく
苦しみからであり

その　多く残された
言説よりも　一つの
小さな祈りからだった

たましいの世話

暴君ネロに仕え
ある時期は　王を諫《いさ》めたが
ついには　いのちを奪われた
哲学者セネカが
書いている

忙しすぎてはいけない
世の中のことに
時間を奪われ
たましいを世話するという

いちばん
大切な仕事ができなくなる

傷ついた
たましいを
慰めるという
高貴な義務を
手放すことになる

高貴な使命

そんなに
強い心をいだいて
いったい
何を
するつもりなのか

かたわらにいる
大切な人の
悲しみも
分からなくなって

しまうかもしれないのに

そんなに
高いところをめざして
いったい
何になる
つもりなのか

愛する人の
苦しみを
分かち合うという
高貴な使命を
手放してまで

あとがき

この詩集は、異なる書名で世に出ていくはずだった。取りやめた書名をここに記すことはしないが、手元にあるあいだはそれでよいと思っていたものが、いざ、自分の手を離れるとなったとき、違和感を覚えた。

詩集自らが、それまで着ていた服を脱ぎ去るようにして、新しい書名を求めているように感じられたのである。

そうした変化は私だけの思い過ごしではなかった。

編集を担当してくれている内藤寛さんと、新しい題名の可能性をめぐってメールのやりとりをしているとき、彼が提案した書名が、自分が考えていたものと一致して、今の題名になった。

「魂の世話」という表現はそもそも、プラトンの『パイドン』に由来する。『ソクラテスの弁明』に記されているような裁きを受けたソクラテスは、毒盃をあおいで亡くなることになる。これが当時の死刑だった。

『パイドン』は『弁明』の続編というべき作品で、そこには、刑死するその日に、ソクラテスが自分を信奉する人々を前に哲学の本義とは「魂の世話」をすることだと語る場面が描かれている。

哲学とは肉体によって縛られている魂を「解放し浄化」することでもある、とソクラテスは述べ、こう続けた。

つまり、学ぶことを愛する者なら知っていることだが、哲学がかれらの魂を世話しようと引き取ったときには、かれらの魂はどう仕様もなく肉体の中に縛られ糊付けにされている。かれらの魂は、牢獄を通してのように肉体を通して、存在するものを考察するように強いられ、けっして魂自身が魂自身を通して考察することはない。その結果、魂はひどい無知の中で転げ回っているのだ。

（岩田靖夫訳）

ソクラテスにとって「哲学《フィロソフィア》」は、文字通り叡知（ソフィア）を愛する（フィロ）ことだった。だがそれは、肉体ではなく、魂によって行われなくてはならない。また、ソクラテスにとって哲学とは、今日のような学習の対象ではなかった。生きることによってのみ実践され得る一つの道だった。さらにいえば、魂の救済と直結する営みだった。

本書に収めた「たましいの世話」には、ソクラテスでもプラトンでもなく、セネカの名前を書いた。セネカは紀元一世紀の人、ローマ帝国の中枢で働いていた哲学者である。

詩に書いたように暴君の名で呼ばれるネロに仕えた。セネカがどのような政治的活動をしたのかはよく分かっていない。危険を回避するためだったのかもしれないが、彼自身がそれを書き記さなかったのである。だが最後は、皇帝暗殺の嫌疑をかけられ、自死を迫られることになる。

このときセネカが、ソクラテスと同じく毒盃をあおいだ事実が示しているように、彼のソクラテスへの敬愛は深い。セネカにとっても哲学は「魂を世話」することにほかならなかった。

人は誰も自分の生涯がいつ終わるのかを知らない。だからこそ、「魂を世話」することは早く始めなくてはならない。代表作『生の短さについて』でセネカは次のように述べている。

何かに忙殺される人間の属性として、（真に）生きることとの自覚ほど稀薄なものはない。もっとも、この生きることの知慧ほど難しいものもないのである。（中略）生きる術は生涯をかけて学び取らねばならないものであり、また、こう言えばさらに怪訝に思うかもしれないが、死ぬ術は生涯をかけて学び取らねばならないものなのである。

（大西英文訳）

人は誰も、生きつつあるだけでなく、死につつもある。だが、多くの人はそのことを忘れている。どう生きるべきかだけを考えて、どう死を迎え入れるかを考えない。生きるための精神を磨くのに余念はないが、死への準備は、まったくできていない。

セネカにとって死を準備するとは、死を前にして動じない心を養う、ということだけではなかった。むしろ、今の輝きを見逃さない人間になることだった。人や世界との交わりの意味を感じ直すことだけでなく、今日のわたし、今のわたしを深く生きることにほかならなかった。それを邪魔するのは「忙殺」だとセネカは書いている。

セネカの言葉にあった「生きることの知慧」は叡知と同義である。現代を生きる私たちは、情報や知識を蓄えることに忙しく、叡知を感じ直し、深化させる人生の余白を見失っているのではあるまいか。ソクラテスの言葉を借りれば、世の常識に「縛られ糊付けにされている」ように思われてならない。

書名を「魂の世話」ではなく「たましいの世話」としたのは、深層心理学者の河合隼雄への敬意《オマージュ》でもある。河合は「魂」と書くことがないわけではないが、「たましい」と記すことが少なくない。

魂という漢字は特定の思想、あるいは宗教と結びつき易い。また、容易に分からないはずの魂という存在が、どこか分かったかのように感じられる傾向がある。

自分が感じている「たましい」は、容易に論じることができない、しかし、たしかに存在するものだ、と河合はいう。

詩を書く手を動かしながら、私が感じている「たましい」もそうしたものである。それは、世にいう「主義」によって縛られることを強く拒む。

*

早いもので、この詩集で五冊目になる。何かが変わるわけではないが、一つの節目ではあるだろう。最初の詩集を出したときも、詩集を出す人生を十分に受け止めきれていなかったが、それ以後に、四冊もの詩集が自分の手を離れて巣立っていくことなど想像すらできなかった。

しかし、こうして「あとがき」を書きつつ改めて感じるのは、人が詩を書くというより、詩が人を用いて生まれてくる、という手応えである。人が言葉を用いるのではなく、コトバが人を動かす。それが詩作の原点なのだろう。

編集は、先にふれたように内藤寛さん、校正は牟田都子さん、DTPはたけなみゆうこさん、そして装丁は名久井直子さんが担当してくれた。

文章を書くときは一人だが、本は多くの人によって生み出される。このことの重みは本を世に送るたびに深く、強く感じられる。

さらに、さまざまなところで仕事をともにしている人たちの有形無形の助力が、この詩集につまっている。個々に名前はあげないが、今ある「つながり」に心からの感謝を送りたい。

そして、最後に、この本を手にしてくれた読者の皆さんにも心からの謝意を捧げたい。編まれた本も記された言葉も、手にされ、読まれたときにこそ、真の意味でいのちを帯びるからである。

二〇二〇年一二月二〇日　母の無事を祈りながら

若松　英輔

若松英輔（わかまつ・えいすけ）

一九六八年新潟県生まれ。批評家、随筆家、東京工業大学リベラルアーツ研究教育院教授。慶應義塾大学文学部仏文科卒業。二〇〇七年「越知保夫とその時代 求道の文学」にて第十四回三田文学新人賞評論部門当選、二〇一六年『叡知の詩学 小林秀雄と井筒俊彦』（慶應義塾大学出版会）にて第二回西脇順三郎学術賞受賞、二〇一八年『詩集 見えない涙』（亜紀書房）にて第三十三回詩歌文学館賞詩部門受賞、『小林秀雄 美しい花』（文藝春秋）にて第十六回角川財団学芸賞、第十六回蓮如賞受賞。

著書に『イエス伝』（中央公論新社）、『生きる哲学』（文春新書）、『霊性の哲学』（角川選書）、『悲しみの秘義』（ナナロク社、文春文庫）、『内村鑑三 悲しみの使徒』（岩波新書）、『詩集 幸福論』『詩集 燃える水滴』『常世の花 石牟礼道子』『本を読めなくなった人のための読書論』『弱さのちから』『読書のちから』（以上、亜紀書房）、『学びのきほん 考える教室 大人のための哲学入門』『詩と出会う 詩と生きる』（以上、NHK出版）『霧の彼方 須賀敦子』（集英社）など多数。

たましいの世話

二〇二一年二月十一日 初版第一刷発行

著者 若松英輔
発行者 株式会社亜紀書房
郵便番号 一〇一 - 〇〇五一
東京都千代田区神田神保町一 - 三二
電話 〇三 - 五二八〇 - 〇二六一
振替 00100-9-144037
http://www.akishobo.com

装丁 名久井直子
印刷・製本 株式会社トライ
http://www.try-sky.com

Printed in Japan

若松英輔の本

本を読めなくなった人のための読書論	一二〇〇円＋税
生きていくうえで、かけがえのないこと	一三〇〇円＋税
言葉の贈り物	一五〇〇円＋税
言葉の羅針盤	一五〇〇円＋税
種まく人	一五〇〇円＋税

常世の花　石牟礼道子　一五〇〇円＋税

いのちの巡礼者　教皇フランシスコの祈り　一三〇〇円＋税

詩集　見えない涙　詩歌文学館賞受賞　一八〇〇円＋税

詩集　幸福論　一八〇〇円＋税

詩集　燃える水滴　一八〇〇円＋税

詩集　愛について　一八〇〇円＋税

不滅の哲学　池田晶子
一七〇〇円＋税

弱さのちから
一三〇〇円＋税

読書のちから
一三〇〇円＋税